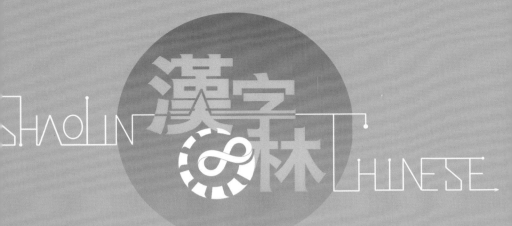

SHAOLIN 漢字林 CHINESE

卷一

U0164630

外星蛋糕小偷

SAGEBOOKS
HONGKONG

https://ShaolinChinese.com.hk

時間：太古

地點：遠方……星空……

　　　　一個星睡下去了。

然後……

一個、一個…… 其他的十七個星也就都睡了。

星空、地球，都在等……

……等他們再醒過來。

誰是誰

治言
zhì yán
能去外太空

米藍
mǐ lán
來自毛球星

知了
zhī liǎo
什麼都知道

who's who

治_{zhì} 尚_{shàng}

能回到過去的世界

忍_{rěn} 者_{zhě}

黃道收養的小烏龜

黃_{huáng} 道_{dào}

南宋的女孩

時間線 TIMELINE

小毛球
大鬧蛋糕店

治言
追蹤米藍

治尚遇見
黃道和忍者

治言
回來了

米藍贈送
古缽給治言

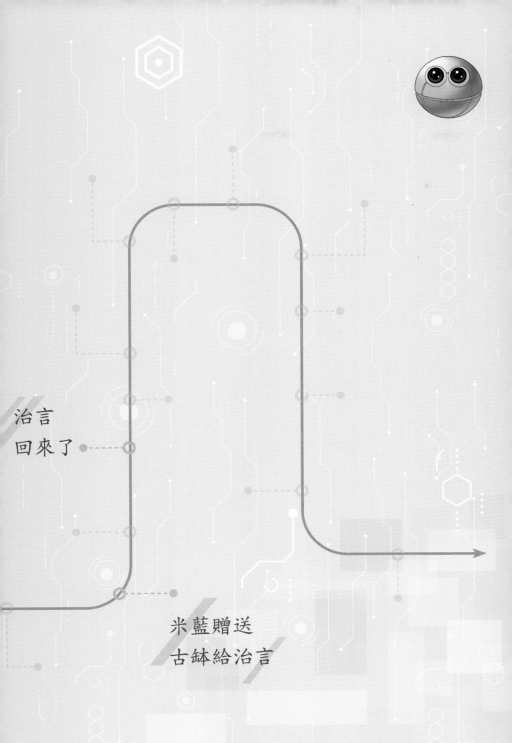

第壹章

治言
zhì yán

是一名小
shì yī míng xiǎo

學生。
xué shēng

今天
jīn tiān

星期二，
xīng qī èr

治言放了
zhì yán fàng le

學正在回家。
xué zhèng zài huí jiā

治言回家的路上有一家蛋糕店，店裏面有各種美味的糕點。

今天，治言從老遠就發現蛋糕店前面有一大群的人，像出了事。

治言好想過去看一看，但是人太多，治言的個子不高，甚麼都看不到。

治言打開書包，知

了飛了出來。

「知了，你過去看看出了甚麼事吧。」

「知了知道了。」

知了閃着燈，飛到

dàn gāo diàn de shàng kōng
蛋糕店的上空。

zhì yán dǎ
治言打
kāi shǒu jī kàn zhe
開手機看着
zhī liǎo pāi dào de
知了拍到的
chǎng miàn
場面。

bù dé liǎo diàn lǐ bèi rén
不得了！店裏被人

破壞了呢。

「 是誰做的破壞

呢？」治言一心要找出
那個壞人。

知了發出電光，
來回掃看店裏的上下
左右。

天花上面好像有個

影子？

治言覺得很奇怪：
這東西她以前從來沒有
見過，像一個毛球。

啊，會動呢！

那毛
球好像知
道自己被
發現了，
連滾帶飄地從蛋糕
店的大門上空飛了
出去。

治言望向蛋糕店的上空，甚麼也看不見。再看看手機，發現那毛球向馬路的右邊飛走了。原來那毛球是肉眼看不見的，只有知了能看到。

治言和知了一起追過去。可是，「知了，看都看不見，找起來就有點難呢。」治言對知了說。

知了閃出了紅光，

又發出一些白氣。

一隻
小毛球出
現了。

小小的、藍色的毛
球，張着三隻圓圓的大

眼睛,好奇地看着治言和知了。

治言的第一個感覺是:「啊,太可愛了,好想抱他一把呀。」

但是她馬上又想

到：「啊，不對，這東西破壞蛋糕店呢。」

她一臉正經地問：「你是誰？」

「對不起⋯⋯」小毛球看起來快要哭了。

「那些蛋糕太好看了，我就吃了兩個。對不起……」

「那你為甚麼要在店裏面破壞？」

「我吃了蛋糕，忽

然全身就痛起來，眼睛
也看不清。我很怕，我
想回家⋯⋯」小毛球哭
出來了。「店子的門和
窗都關着，我出不去。」

小毛球說着，忽然

又在地上滾起來了。

「你怎麼啦？」

知了馬上向小毛球

發出了一些電光，小毛球才慢慢地停了下來。

「我全身……都很……痛。我……我要回家。」

治言心想：「這小

毛球看起來還很小，
是個小小孩呢。我要幫
他。」

「你家在哪裏？我
們送你回去。」

小毛球張開中間的

一隻眼睛，放出了一個影像，出現了一個星球。

治言問知了：「你能找到那個行星的地

點嗎？我們送他回去
吧。」

　　知了點點頭，向治
言發出了一些電光。

　　治言從手機看到了
知了對她說的話。她抱

起小毛球。

「別怕，我們一起
回家去吧。」

第貳章

毛球星是一個很可愛的地方。望不見邊的草原上開着朵朵小花。這裏的花也都像一個個

小毛球，當輕風飄過，
花球就在空中飛舞。或
許因為是不同的花，有
時候花球會發出不同的
音樂聲，有時候會再變

成許許多多的小花點飄
下來，還會發出很清香
的氣味。

　　治言看着這一片美
麗的花花草草，一時都
不去想手裏還抱着個小

máo qiú
毛球。

zhī liǎo fā chū shēng yīn ràng zhì
知了發出聲音讓治

yán xǐng jué le
言醒覺了。

xiǎo máo qiú de shēn tǐ hěn
小毛球的身體很

qīng zhì yán bào zhe tā bù lèi
輕，治言抱着他不累。

kě shì tā yī dòng yě bù dòng
可是他一動也不動。

31

「小毛球是生病了嗎？還是受傷了？」

只有等知了找出了原因，再想辦法了。

過了一會兒，治言的手機發出了聲音。

知了不會說話，所以都用手機的短信功能和治言說話。

「你說小毛球是因爲吃了蛋糕？」

「對。小毛球吃了

太多，所以受不了。」

「可是蛋糕不可能讓人全身痛，更不會看不見東西啊。」

「蛋糕裏面有牛奶。」

「蛋糕當然會有牛
奶啊……」

「現在只有一個辦

法。」

「甚麼辦法？」

「治尚。」

「甚麼？」

「要找治尚。」

「治尚怎麼會有辦法？治尚不在這裏呢。」

第參章

治尚走在
回家的路上。

他在想着
今天的數學課。

今天張老
師生病了，所以由別的

老師為他們上課。

治尚喜歡張老師。

張老師會說：「數學，只要最後的結果是對的，那就算方法

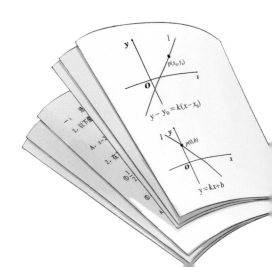

bù yī yàng dōu xíng

不一樣都行。」

xiàng jīn tiān lǎo shī chū de gōng

像今天老師出的功

kè tā jiù xiǎng dào le sì zhǒng bù

課，他就想到了四種不

tóng de fāng fǎ

同的方法。

tā zhèng zài yī miàn zǒu yī miàn xiǎng

他正在一面走一面想

zhe nǎ zhǒng fāng fǎ huì zuì kuài xīn zhōng

着哪種方法會最快，心中

就聽見治言的聲音了。

是治言在運用心力

和他說話。

「治尚，請你幫忙找草藥。要用來救人的啊！」

「甚麼？」治尚心想，這大白天好好的，救甚麼人啊？

治言和治尚是雙生

兒，他們兩人可以用心力對話。

「我在毛球星。由於地球的牛身體裏面都有藥，那些藥又進到牛奶裏面去了，小毛球吃了牛奶做的蛋糕，現在

很危險。只有地球的草藥能救他。」

原來治言又去雲遊了。

治尚問：「是哪家店的草藥？我馬上幫你

去買就是了。」

「不是去買。知了說要回到八百年前。八百年前的海邊都有，不難找到。」

聽起來像是不難。

「哈哈，好吧。剛好今天的功課我已經想到最快的方法了，我有時間呢。」治尚對治言說：「我就代你回一次古代吧。」

「謝謝你啦。」治
言馬上又說：「要快！」

治尚想了想又問：
「草藥長甚麼樣子啊？」

可是治言那邊已經
離開了。

第肆章

治尚想，
八百年前那是
南宋時代。那
麼要怎樣到海
邊去呢？

他向身旁四處看

看，發現
治言的速
可達就停
在路旁。

「哈，剛好！」他
騎上速可達。「南宋，

我來也！」

　　一下子，他穿越時空，已回到了八百年前的南宋，在一個鄉下地方。

　　他四處看了看。

是半夜呢。沒有電燈的年代，鄉村的晚上還真是黑。

他看着天上的星，要找出東方，到海邊去。

就在這時，他聽見
一個女孩的哭聲。他好
奇的走過去。

那女孩回
頭見到治尚，
馬上就怕起

來了。

「你別怕。」治尚連忙對她笑一笑。他問：「這麼晚了，你怎麼一個人在哭呢？」

「我……我剛從家

裏出來。」女孩見到治尚對她笑，就放下心來。

「我婆婆天天打我，又不給我吃飯。我只好離家出走。」

治尚看着天空，

心想：「南宋的人那麼壞？」

他又問女孩：「那你現在要去哪裏？」

「我也不知道。」女孩難過地搖頭說。

「可是我不能讓他們給抓回去。」

「好，別怕，我來幫你。」他指着速可達對女孩說：

「你看，這

shì wǒ mèi mèi de sù kě dá qí
是我妹妹的速可達，騎

shàng zhè gè jiù néng zǒu hěn kuài tā
上這個就能走很快，他

men yī dìng zhuī bù dào
們一定追不到。」

nǚ hái xīn xiǎng zhè nán hái
女孩心想：這男孩

chuān zhuó hěn qí guài dàn shì bù xiàng
穿着很奇怪，但是不像

huài rén tā cóng lái méi yǒu jiàn guò
壞人。她從來沒有見過

那個速甚麼達。但是
「速達」，就是很快就
能到別的地方吧。

　　她再想自己也沒有
甚麼別的辦法，就站起
來，騎上了速可達。

治尚在她身後也騎
上速可達。

「抓好手把啦！我
們去了！」

速可達
帶着治尚和

女孩，在黑夜裏快速地向東方的海邊開去。

到了海邊。

治尚對女孩說：「這裏你會安全了，我也要去找草藥了。」

「我幫你一起去找藥吧。」

「那太好了。」治尚開心地說。「說真的,我也認不得草藥的樣子。」

女孩帶治尚走到一個面向大海的山洞。

她指着山洞旁邊的一塊大石，對

治尚說：「這下面的草都能當藥用。」

治尚彎下身去，把草藥拉出來。

女孩將一隻缽給他。

「來，
你將草藥
放進這缽
裏。」

這時，一隻小烏龜
從山洞裏爬出來，好像

要找東
西吃。

治尚拾起小烏龜，
放進手心，還給小烏龜
吃了一些草藥。然後他
把小烏龜給了女孩。

「我要回去救人了。小烏龜給你，這是你的第一個朋友呢。」

「不，你是我的第一個朋友。」女孩笑着說。「小烏龜是我第二

個朋友。」

治尚也笑了。他騎上速可達。「再見了。」

「再見。」

治尚回到現代，知

了已經在等着他了。

liǎo yǐ jīng zài děng zhe tā le
了已經在等着他了。

tā bǎ cǎo yào gěi le zhī liǎo
他把草藥給了知了。

「快去救人吧。我要回家做功課了。」

「知了知道了。」

第伍章

治言抱着小毛球，看着小毛球藍色的毛越來越變白了。她心裏很着急。

啊！知了終於帶着草藥回來了。

kuài kuài zhì yán
「快、快！」治言

yòng shǒu jiāng cǎo yào fēn chéng xiǎo tiáo xiǎo
用手將草藥分成小條小

tiáo yī tiáo yī tiáo de màn màn de
條，一條一條地慢慢地

fàng jìn xiǎo máo qiú de zuǐ lǐ
放進小毛球的嘴裏。

zhī liǎo zài yī páng xiàng xiǎo máo
知了在一旁向小毛

qiú fā chū yī piàn huáng sè de guāng
球發出一片黃色的光，

bù tíng de
不 停 地

cóng tóu dào
從 頭 到

jiǎo sǎo zhe
腳 掃 着

xiǎo máo qiú de shēn tǐ
小 毛 球 的 身 體 。

xiǎo máo qiú màn màn de biàn chéng
小 毛 球 慢 慢 地 變 成

lǜ sè le
綠 色 了 。

又過了一會兒，小毛球變回藍色了。

就在這時，一、二、三、四、五……

大大小小的、各種不同色的小毛球出現了。

「米藍回來啦……」

大家都滾滾跳跳地、高興地叫起來。

原來小毛球有名字！米藍和他的朋友家人一起飛滾，大家看起來都很高興。米藍的毛閃着光亮的藍光。

「治言、知了，謝

謝你們救了我。」

「你的故鄉星球真美麗。你的家人和朋友都那麼可愛。」

米藍帶治言到處看、到處玩。最後，他

門來到一口古井前面。

古井的旁邊有很多
大大小小、新奇古怪的

東西。

米藍拿起一隻藍色
的缽子。

「這是
我祖母的祖
母從古代的

地球帶回來的。現在送給你。」

「謝謝你。」治言放好了鉢子。「我也要回我的故鄉——地球了。」

「我們有機會再見。」

「再見。」

治言回到地球，回到家裏。

她將鉢子放好，然後來到治尚的房間門口，要去多謝治尚的幫忙。

可是，奇怪了，治尚

看起來好像在生氣呢。

發生了甚麼事？

卷一　完

第一章

| 治 | 言 | 糕 | 但 | 影 | 法 | 或 |

第二章

| 受 | 體 | 辦 | 由 | 尚 | 百 | 藥 |

第三章

速	達	南	宋	剛

第四章

騎	缽	龜	與

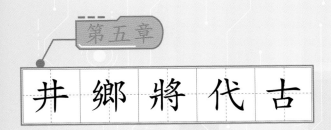

第五章

井	鄉	將	代	古

Created and written by
劉俐 Lucia L Lau

ISBN: 978-988-8517-79-4

2022年11月 第一版
思展圖書:香港荃灣海盛路11號 One Midtown 9 樓15 室
First edition, November 2022
Sagebooks Hongkong: Room 15, 9/F, One Midtown, 11 Hoi Shing Road,
Tsuen Wan, Hong Kong.
https://sagebookshk.com